D'APRÈS

W. SHAKESPEARE

———

FALSTAFF

— SCÈNE DE LA TAVERNE —

———

PARIS

LIBRAIRIE DU *VICTOR HUGO ILLUSTRÉ*

RUE THÉRÈSE, 13

FALSTAFF

—

— SCÈNE DE LA TAVERNE —

Jouée à la Comédie-Française

POUR LA REPRÉSENTATION DE RETRAITE DE M. GOT

Le 20 avril 1895.

AUGUSTE VACQUERIE et PAUL MEURICE

D'APRÈS

W. SHAKESPEARE

FALSTAFF

SCÈNE DE LA TAVERNE

PARIS

LIBRAIRIE DU *VICTOR HUGO ILLUSTRÉ*

RUE THÉRÈSE. 13

Ⓒ

SCÈNE

DE

LA TAVERNE

Tirée du *Henri IV* de Shakespeare.

PERSONNAGES.	ACTEURS.
FALSTAFF	MM. Got.
HENRI, Prince de Galles. . .	Le Bargy.
POINS.	Albert Lambert fils.
GADSHILL.	Leloir.
PETO	Truffier.
BARDOLPH.	Laugier.
FRANCIS, garçon de taverne	Georges Berr.
L'HOTESSE	Mme Piérson.

Une salle de taverne. Tables, brocs et verres.
Le soir.

L'HOTESSE, FRANCIS, puis LE PRINCE HENRI,
POINS, puis BARDOLPH, GADSHILL et PETO,
puis FALSTAFF.

Éclats de rire au dehors.

L'HOTESSE.

Enfin! Dieu soit loué! voilà mes bons apôtres!

Entrent le prince et Poins en riant. Ils ont le demi-masque.
Poins porte un petit coffre, qui semble assez lourd.

Le prince et Poins! masqués! et seuls! — Où sont les autres?

POINS.

Ils viennent.

L'HOTESSE.

Mais pourquoi ces masques?

POINS.

Un bon tour!

L'HOTESSE.

Un de ces tours qui font pendre leur homme un jour.
Piller des voyageurs!

LE PRINCE.

                    Non pas, ma bonne dame!
Non, piller des pillards!

L'HOTESSE, à Poins.

            Vraiment?

POINS.

                    Oui, sur mon âme!
Nous avons laissé Jack, avec ses trois filous,
Attaquer, dans la nuit, ces voyageurs, sans nous.
Mais, à peine avait-il volé la grosse somme,
Nous lui tombions dessus et volions le gros homme.

LE PRINCE.

Poins, cache le coffret. Cet or, tu comprends bien,
Sera restitué sans qu'il y manque rien.

        Poins sort un instant, emportant le coffret et les masques.

L'HOTESSE.

Mais Falstaff?...

LE PRINCE, riant.

            Il fallait le voir, dans son délire,
Se sauver en hurlant! Ah! Dieu! qu'il m'a fait rire!

POINS, rentrant.

...Et quand nous entendrons le poltron, le hâbleur,
Nous corner les exploits de sa haute valeur!...

        Cris de détresse au dehors.

Ce sont eux!

BARDOLPH, entrant impétueusement.

A l'aide!... Oh! le prince!

GADSHILL, même jeu.

Digne hôtesse,

Cachez-moi!... Dieu! milord!

PETO, même jeu.

Au voleur!... Son Altesse.

BARDOLPH, à l'hôtesse, bas, montrant le prince.

Grondait-il en rentrant?

L'HOTESSE.

Il riait, bravo Henri!

BARDOLPH, à Gadshill.

Le prince a ri!

GADSHILL, à Peto.

Le prince a ri!

PETO, cherche un quatrième, ne le trouve pas, et, à lui-même :

Le prince a ri!

L'HOTESSE.

Mais sir John? où l'avez-vous laissé?

GADSHILL.

Dans la plaine.

Grondant, suant, soufflant.

PETO.

Il n'a pas longue haleine!

LA VOIX DE FALSTAFF, au dehors.

Massacre!...

POINS, bas au prince.

Le voilà! De l'aplomb. Nous rirons.

2

Entre Falstaff. Il arrive en courant, tout essoufflé, s'arrête en voyant le prince, pose sur la table son épée et son bouclier, puis va tomber, haletant, sur une chaise.

POINS.

Bonsoir, Jack! D'où viens-tu?

FALSTAFF, sans le regarder, maugréant et grognant.

         Maudits soient les poltrons!
Qu'ils aillent tous au diable! *Amen!* — Garçon! mon verre
De xérès.

Francis va prendre sur un dressoir une bouteille et un énorme gobelet et verse dans le gobelet la bouteille entière. Falstaff vide tout le gobelet.

      Vie infâme!... Oh! si j'y persévère!...
Non! plutôt remmailler, ressemeler des bas,
Ou les ravauder même! — Eh! ne m'entends-tu pas,
Mon drôle? — Maudits soient tous les poltrons! — un verre
De xérès.

Francis lui apporte vivement une seconde bouteille et la verse dans le gobelet Falstaff boit.

    N'est-il plus de vertu sur la terre?

LE PRINCE, à Poins.

Dis, as-tu jamais vu tonneau comme cela?

FALSTAFF, à Francis, buvant, cette fois, par gorgées.

Ah! je sens de la chaux, maraud, dans ce vin-là!
Ce siècle corrompu n'est que coquinerie!
Pourtant je hais encor plus la poltronnerie
Que le vin frelaté. Les poltrons! scélérats!
— Va ton chemin, vieux Jack, et meurs quand tu voudras;
Si la vaillance alors ne quitte pas la terre,
Je suis un hareng-saur! — Est-il en Angleterre
Trois braves épargnés du gibet envieux?
Non, et l'un de ces trois est gros et se fait vieux.

Dieu nous aide! ici-bas on ne voit que bassesse.
Maudits soient les poltrons! je le dirai sans cesse.

Il boit.

LE PRINCE.

Hé! vieille boule! ah çà, que viens-tu croasser?

FALSTAFF, *se levant.*

Qui? toi, le fils d'un roi! Mais je veux t'expulser
De tes États, mon cher, rien qu'avec une latte!
Mais je prétends chasser, sous tes yeux, de ma batte,
Ou jusqu'au dernier poil mon visage est tondu,
Comme un troupeau d'oisons, tout ton peuple éperdu!
Prince de Galles, toi!

LE PRINCE.

Dis donc, grosse bedaine!...

FALSTAFF.

Poltron! ne l'es-tu pas? Et ce Poins?...

POINS, *la main sur sa dague.*

Sac de laine!
Tu m'appelles poltron! je vais t'exterminer!

FALSTAFF, *sautant en arrière.*

Moi, t'appeler poltron? je te verrai damner
Avant de t'appeler poltron!... Seulement, drôles,
Vous épaulez les gens en montrant vos épaules!
C'est fort spirituel!

A Francis.

Du xérès donc, faquin!
Si j'ai bu d'aujourd'hui, que je sois un coquin!

Le garçon apporte une troisième bouteille.

LE PRINCE.

Deux flacons sont vidés ! et ton menton, pécore,
En est tout ruisselant !

FALSTAFF.

Bah ! bah !

Il boit.

Je dis encore :
Maudits soient les poltrons !

LE PRINCE.

Mais de quoi s'agit-il ?

FALSTAFF, *vivement.*

Il s'agit ?... Moi Falstaff, Bardolph, Peto, Gadshill,
Nous avions en nos mains, ce soir, mille guinées.

LE PRINCE.

Où sont-elles, Falstaff ?

FALSTAFF.

Hélas ! refriponnées !
Cent brigands sont venus...

LE PRINCE.

Cent ?

FALSTAFF.

Que je sois pendu
Si je n'ai ferraillé, moi seul, à corps perdu,
Avec une douzaine au moins, pendant deux heures !
J'échappai par miracle, ou je veux que tu meures.
Compte :

Montrant ses chausses.

Ici, quatre coups; douze dans mon pourpoint;
Mon bouclier, pilé! Vois, je ne te mens point.

Montrant son épée tout ébréchée :

Mon épée, une scie! *Ecce signum.* En somme,
Je n'ai jamais mieux fait depuis que je suis homme.
Héroïsme perdu! — Maudits soient les poltrons!

Montrant ses compagnons.

Hal, interroge-les. S'ils mentent, ces larrons,
Ce sont tous des enfants de ténèbres, des traîtres.

LE PRINCE à Bardolph et aux autres.

Oui, contez-nous un peu l'événement, mes maîtres.

BARDOLPH avec embarras, consultant Falstaff du regard.

Nous quatre, étant tombés sur... douze cavaliers...

FALSTAFF.

Oh! seize au moins, milord!

GADSHILL.

Nous les avons liés.

PETO.

Tiens! je n'ai pas vu ça!

FALSTAFF.

Brute! veux-tu te taire!
Tous furent bâillonnés, tous garrottés à terre,
Tous, tous! ou je ne suis qu'un juif, un juif hébreu!

BARDOLPH.

Puis, comme nous faisions nos parts de gain du jeu,
Il en vient six ou sept...

FALSTAFF, *chauffant.*

         Qui détachent les autres.
D'autres viennent encore. Ils tombent sur les nôtres...

LE PRINCE.

Eh! quoi! tous lâchement se sont rués sur vous?

FALSTAFF.

Tous? Je ne comprends pas, Hal; qu'entends-tu par tous?
J'en avais pour ma part cinquante, et des plus braves,
Cinquante! ou je ne suis qu'une botte de raves!
Oui, certe, ils étaient bien cinquante-deux ou trois
Qui prennent ton vieux Jack à partie à la fois
Et le vont tailladant jusqu'à ce qu'il leur cède.
Si je te mens, je suis... je ne suis plus bipède!

POINS.

Dieu veuille qu'il n'ait pas tué quelqu'un d'entre eux!

FALSTAFF.

Ce souhait vient trop tard, car j'en ai poivré deux.
Hélas! oui, j'en ai peur, deux d'entre eux ont leur compte;
Deux coquins en bougran... Si je te fais un conte,
Crache-moi par le nez, appelle-moi cheval.
Tu connais ma parade, où je suis sans rival.
Eh bien, j'étais de là, tendant ainsi ma lame.
Quatre gueux en bougran...

LE PRINCE.

         Quatre? par Notre-Dame!
Tu ne disais que deux?

FALSTAFF.

         Quatre, Hal, sans affront.

POINS.

Oui, quatre, il a dit quatre.

FALSTAFF, stimulant l'action.

Ils viennent donc de front.
Mais, sans m'embarrasser de leurs attaques jointes,
J'ai sur mon bouclier ramassé leurs sept pointes...

LE PRINCE.

Sept? Non, quatre.

FALSTAFF.

En bougran, dis-je.

POINS.

Oui, quatre en bougran?

FALSTAFF.

Sept! sept! par mon épée!

LE PRINCE, bas à Poins.

Eh! lâche-le d'un cran;
Ces sept-là, tu vas voir, vont monter vite en graine.

FALSTAFF.

Tu me suis, Hal?

LE PRINCE.

Très bien.

FALSTAFF.

La chose en vaut la peine.
Donc, ces neuf en bougran....

LE PRINCE, à Poins.

Bon! déjà deux de plus.

FALSTAFF, mimant un combat terrible.

...Commencèrent à rompre en poussant des : Jésus !
Mais moi, je les hachais, implacable, de bronze...
— Combien de morts ? Comptons. — Horrible ! sept sur onze !

LE PRINCE.

Onze sortis de deux ! — Tu nous vois ébaubis !

FALSTAFF.

Mais le diable était là ! Trois goujats, en habits
Vert clair, traîtreusement, me prirent par derrière.
Car c'était un vrai four, cette nuit meurtrière ;
On n'eût pas vu son ventre !

LE PRINCE, se levant.

     Oh ! menteur effronté !
Comment as-tu, dis-moi, nettement constaté
Que ces hommes étaient en couleur claire ou sombre,
Si tu ne voyais pas ton ventre dans cette ombre ?
Hein, réponds ; que peux-tu nous conter désormais ?

POINS.

Tes raisons ! tes raisons !

FALSTAFF, majestueux.

     Quoi ! de force ? Jamais !
Allez, menacez-moi des fers, de la torture,
La force ne peut rien sur moi. C'est ma nature.
Vous donner mes raisons par force ? Les raisons
En nombre égaleraient les mûres des buissons,
Nul ne m'arracherait de raisons par contrainte !

LE PRINCE, se levant.

Ah ! c'est encourager trop longtemps par ma feinte

Des contes impudents ! Ce poltron vaniteux
Qui partout fait les lits et les chevaux boiteux,
Cette masse de chair...

FALSTAFF.

                    Arrière, peau d'anguille !
Nerf de bœuf ! étui d'arc ! perche ! stockfish ! aiguille !...

Il s'arrête, toussant.

Sans cet asthme damné, je t'en dirais mon soûl,
Aune !... fuseau !... fourreau !... sonde de gabelou !

LE PRINCE.

La ! fort bien ! souffle un peu, puis reprends de plus belle,
Défile jusqu'au bout l'ignoble kyrielle ;
Mais, d'abord, un seul mot.

POINS.

                    Jack, écoute ceci.

LE PRINCE.

Oui, nous vous avons vus, Poins et moi que voici,
Quatre tomber sur deux vieux voyageurs, maroufle,
Puis leur voler leur or. Vois à présent, d'un souffle,
Tes mensonges crouler devant la vérité.
C'est à ce moment-là que je me suis jeté
Sur vous quatre, avec Poins, et qu'à ta barbe grise
Nous vous avons repris, sans coup férir, la prise ;
Et nous l'avons encor, qui plus est ; elle est là,
Et vous Falstaff, courant, et criant : oh la la !
Avec des beuglements de taureau qu'on enchaîne,
Vous avez lestement sauvé votre bedaine.
— Faut-il pas que tu sois un grand gueux maintenant
Pour avoir ébréché ton épée en venant,

Afin d'en appuyer le récit de ta gloire ?
Eh bien, mens donc encor ! trouve une échappatoire !
Rapièce, si tu peux, ton honneur en haillons !

POINS.

Oui, tire-toi de là, mon vieux sir Jack, voyons !

FALSTAFF, haussant les épaules.

Tu crois donc que je n'ai pas su te reconnaître
Aussi bien que celui qui t'engendra, mon maître !
Vouliez-vous voir tuer l'héritier présomptif,
Mon prince légitime, oh ! fi ! par moi, chétif ?
Tu sais bien que je suis aussi vaillant qu'Hercule.
Mais l'instinct était là qui me soufflait : recule !
Le lion respecta toujours le sang royal.
J'eus peur, mais par instinct ; et veux, juste et loyal,
Nous couvrir à jamais de louange et d'estime,
Moi, lion généreux, toi, prince légitime.
— Ah çà ! vous avez donc rattrapé leurs rançons,
Mes chers fils, mes copains, cœurs d'or, braves garçons ?
Amusons-nous, bâfrons, ô jeunesse étourdie !
Voulez-vous impromptu faire une comédie !

LE PRINCE, riant.

Titre : *Sauve qui peut !* n'est-ce pas, cœur d'airain ?

FALSTAFF.

Henri, vous voulez donc me faire du chagrin ?
Laissons cela. — Tu sais, mon fils, qu'une semonce
Du roi t'attend demain. Est-ce que ta réponse
Est prête ?

LE PRINCE.

          Ma foi, non ! — Mais, tiens, exerce-moi.
Je suis le grondé, sois le grondeur ; fais le roi.

FALSTAFF.

Le roi ? moi ! C'est aisé !

Il fait un signe ; on pose un fauteuil sur la table et on l'aide à y monter.

Cette chaise est mon trône,
Cette broche, mon sceptre, et... voici ma couronne !

On lui passe la broche et un rond à porter les bouteilles.

Tous rient.

Oui, riez! si la grâce a pu laisser en vous
Quelque étincelle encor, vous serez émus tous.
— Ça ! du xérès !

Francis apporte une quatrième bouteille et la verse dans le gobelet.

Il faut allumer ma prunelle,
Et mettre dans ma voix la larme paternelle.

Il boit.

LE PRINCE.

Voici ma révérence.

FALSTAFF.

Et voici mon pallas.

L'HOTESSE, *riant.*

Qu'il est drôle !

FALSTAFF, *avec douceur.*

Ma reine, allons, geignez plus bas !

Sur un signe, Francis a improvisé une bannière avec un balai et un torchon

Rangez-vous, ma noblesse, autour de ma bannière.

L'HOTESSE.

Un monarque de vrai !

FALSTAFF, *avec rudesse.*

Silence, pot à bière ! —
Vous tous, silence aussi ! je parle en père, en roi.

— Mon fils... Tu l'es ; du moins je l'espère — et le crois.
J'ai d'ailleurs pour garants de la foi conjugale
Ton affreux tic de l'œil et ta lippe animale...
— Mon fils donc, tu vis mal, entouré de vauriens,
De gueux, de chenapans.

LE PRINCE.

Mon père, j'en conviens.

FALSTAFF.

Pourtant, à tes côtés, j'ai vu — cela me frappe —
Un homme vertueux, mais dont le nom m'échappe...

LE PRINCE, avec stupéfaction.

Un homme vertueux, mon père ! en vérité ?
Quel homme est-ce, s'il plaît à Votre Majesté ?

FALSTAFF.

Mais un homme imposant, ma foi, de consistance,
L'œil vif, l'air gracieux, une noble prestance !
Cinquante ans à peu près... Mon Dieu ! peut-être bien
A-t-il la soixantaine, à ne te cacher rien.
Ah ! j'y suis à présent, c'est Falstaff qu'on le nomme.
Eh bien, si la débauche a prise sur cet homme...
Mais non, non, la vertu dans ses yeux parle et luit.
Et, si l'on reconnaît, mon fils, l'arbre à son fruit,
Comme le fruit à l'arbre, alors, je le répète,
La peau de ce Falstaff contient un homme honnête !
Chasse tous tes bandits, mais chéris-le toujours.
— Maintenant qu'a-t-on fait, gredin, depuis cinq jours?

LE PRINCE.

Un roi parler ainsi ! ce cuistre m'exaspère !
Descends de là. Je prends le rôle de mon père.

FALSTAFF.

Tu me détrônes! soit.

On l'aide à descendre.

Prête à la royauté
Le quart de mon ampleur et de ma majesté,
Et tu pourras, après, me pendre par les pattes,
Comme un lapin vidé.

LE PRINCE.

L'humble cœur!

FALSTAFF.

Tu me flattes.

LE PRINCE.

Es-tu prêt?

FALSTAFF.

Je suis prêt.

Le prince grimpe allégrement au fauteuil.

Mes maîtres, jugez tous.

LE PRINCE.

Ah! vous voilà, Henri. D'où nous arrivez-vous?

FALSTAFF.

Du cabaret, milord.

LE PRINCE.

On a sur votre compte
De terribles griefs.

FALSTAFF.

Sangdieu! l'on vous en conte!
— Le jeune prince, allez, va bien se soutenir.

LE PRINCE.

Quoi! tu jures, enfant impie! A l'avenir

Ne lève plus les yeux sur moi. Je te renie.
Tu vas droit à l'enfer. Tu fais ta compagnie
D'un démon, sous les traits d'un vieillard corpulent.
Ton ami, ton Pylade, est un muid ambulant.
Comment peux-tu souffrir cette horreur déjetée,
Débauche en cheveux blancs, infamie édentée?
Que sait-il? Déguster et boire le xérès,
Découper un chapon et l'engloutir après.
Quel est son seul talent? La ruse. Quelle ruse?
Celle qui fait le mal et qui du bien abuse.
En quoi perverse? en tout! En quoi louable? en rien!

FALSTAFF.

Pas si vite, milord! je ne vous suis pas bien.
Au nom du ciel, de qui veut parler Votre Grâce?

LE PRINCE.

De ce vieux libertin, de ce pourceau vorace,
De ce Falstaff...

FALSTAFF, comme stupéfait.

Falstaff!... Je connais l'homme, oui...

LE PRINCE.

Vraiment !

FALSTAFF.

            Mais ajouter que je connaisse en lui
Plus de défauts qu'en moi, cela, je m'y refuse.
Qu'il soit vieux, son chef gris peut-être l'en accuse,
Je l'en plains; mais qu'il soit ou goinfre ou suborneur,
Je dis non hardiment, devant tous, monseigneur.
Si, de sucrer le vin d'Espagne, c'est un crime,
Dieu sauve les pécheurs! Si l'on tombe à l'abîme
Pour être jovial, qui sera pardonné?
Si, parce qu'on est gras, on se voit condamné,

Alors il nous faudrait, pour nous montrer intègres,
Du seigneur Pharaon vanter les vaches maigres.
Non, non! chassez Bardolph, Peto, Poins l'insolent;
Mais laissez-moi Falstaff, l'aimable, l'excellent,
Le pur, le doux, le grand, le héros qu'on admire,
Et d'autant plus héros qu'il est... ce qu'il est, sire!
Mon bon Jack exilé de votre enfant pervers,
Ce serait le soleil banni de l'univers!

LE PRINCE, descend du fauteuil et s'incline en riant.

Conclusion : faut-il, soleil, que l'on t'adore?

FALSTAFF, le relève modestement.

Oh! je me dis soleil par simple métaphore.
— Et d'abord le soleil lui-même n'est divin
Que par cette raison, mes fils, qu'il fait le vin.
Ah! le vin!... J'ai très soif. Allons donc! qu'on m'en verse!

Le garçon apporte une cinquième bouteille et le gobelet. Falstaff repousse le
gobelet et boit à la régalade, puis, élevant la bouteille :

Oui, cet autre soleil dont l'éclat nous renverse,
Celui qu'il ne faut pas adorer à demi,
Le voilà, c'est le vin, le sauveur et l'ami !
Jeune, je languissais, le foie aride et pâle,
Ce qui, comme l'on sait, ne marque rien de mâle;
Le vin m'a ranimé de son philtre écumant!
C'est au vin que je dois tout cet esprit charmant
Qui tire de ma bouche, où le sel grec abonde,
Un tas de mots les plus étincelants du monde!
— Hal, tu n'as pas non plus laissé croupir en toi
Le sang glacé transmis par ton père le roi;
Mais, comme les terrains stériles et maussades,
Tu vous le réchauffas à nos larges rasades,
Et tu sortis refait des flacons épuisés!